W9-AAZ-675

Traducción: Elena Iribarren

Primera edición, 2019

Av. Luis Roche, Edif. Banco del Libro, Altamira Sur. Caracas 1060, Venezuela

C/ Sant Agustí, 6, bajos. 08012 Barcelona, España

www.ekare.com

Título original: *Rouge et vert*
Texto e ilustraciones de Gabriel Gay
Publicado originalmente en francés por *l'école des loisirs*, París
Publicado bajo acuerdo con Isabelle Torrubia Agencia Literaria

ISBN 978-84-948859-3-8- · Depósito legal B.26664.2018

Impreso en China por RRD APSL

Esta obra ha recibido una ayuda a la edición del Ministerio de Educación, Cultura y Deporte

Gabriel Gay

ROJO y VERDE

Ediciones Ekaré

Rojo y Verde hacen muy bien su trabajo.
El trabajo de Rojo es decir NO. El trabajo de Verde es decir SÍ.
Cuando Verde deja pasar a los peatones, Rojo detiene a los autos.

Y mientras Rojo prohíbe a los peatones pasar,
Verde da paso a los autos.
A cada quien le toca su turno.

–Mira, Rojo –dice Verde–. No viene ningún auto… Apágate un rato para que el perro pueda pasar.

–No, Verde, el trabajo es el trabajo, y a él le toca esperar.

–No sirves para nada –dice Verde–. Le prohíbes todo a todo el mundo.

Entonces comienzan a pelearse
y el semáforo se pone de todos los colores...

¡PUM!
Un auto que estaba confundido
¡¡¡se estrella contra la casa de Rojo y Verde!!!

¡Verde sale disparado hasta la calle!

–¡Verde! ¡Vuelve ya! –grita Rojo.

–Hola –dice la paloma–, ¿quieres ir a comer algo conmigo? Es por allá.

–¡Bueno!
Verde y la paloma cruzan la calle sin mirar.

Por el camino, la paloma come un bocado de banano espachurrado,
un pedacito de plástico y dos patatas fritas.
–¿Quieres? –pregunta la paloma.
–Sí –dice Verde.
La paloma quiere ir aún más lejos, donde sabe que hay más cosas para comer.

–Oye, ¿falta mucho para llegar?

Verde está preocupado.
Hay muchos autos y camiones.

—¡¡¡AAAHHHHHHHHHHH!!!

Verde está herido. Gime a la oreja de la paloma:
«Ve a… b… buscar… a… R… Rojo».

En un segundo, la paloma encuentra a Rojo.
Ahora la calle está llena de autos.
Desde que Verde desapareció, el tráfico sigue parado.
–¿Qué quieres, paloma?

—¿¿¿QUÉ??? ¿Han atropellado a Verde? ¿Dónde está? ¡Llévame hasta él!

Rojo está muy angustiado. Y, por primera vez, abandona su puesto de trabajo.

–¡ALTO! –dice Rojo a los autos, motos y camiones.

Todos se paran sin protestar.

–Gracias, Rojo –dice Verde–. Lo siento mucho…
–¡ALTO! –dice Rojo–. Más tarde hablaremos. Ahora tenemos que solucionar el terrible problema de circulación que se ha creado. La calle está completamente atascada…

–Ejem, ejem –dice tímidamente la paloma–. Hay algo que les quiero mostrar.
–¡Vamos, Rojo, súbete!

Rojo y Verde nunca habían visto su ciudad así.

Desde lo alto, pueden ver todos los autos paralizados.

¡Allá abajo es el desastre total!
Hay que ponerse a trabajar enseguida.

Verde se para en lo alto del poste, y Rojo en lo bajo.
Luego cambian de lugar.

—¡Ya está! Los autos comienzan a circular. Y mira quién viene por allí…

¡La grúa, con un nuevo semáforo sin estrenar!

La grúa arranca el viejo poste chocado… e instala el nuevo.
Luego se marcha con el viejo poste y el pequeño auto,
rumbo al taller mecánico.

–Subamos a nuestra nueva casa –dice Verde.

Rojo y Verde están muy contentos.
Les espera otro día de trabajo.